Konzentrationstraining für Kinder zwischen 5 bis 11 Jahren

50 spaßige Aktivitäten, um die Konzentration zu verbessern durch Achtsamkeitsübungen, Atemübungen, Gedächtnisübungen, Yoga-Übungen und Bewegungsübungen.

Emilia Lehmann

Emilia Lehmann

KONZENTRATIONSTRAINING für Kinder

ZWISCHEN 5 BIS 11 JAHREN

50 spaßige Aktivitäten, um die Konzentration zu verbessern durch Achtsamkeitsübungen, Atemübungen, Gedächtnisübungen, Yoga-Übungen und Bewegungsübungen.

Inhaltsverzeichnis

Vorwort

Ein Jeder hat schon einmal etwas von Konzentrationsstörungen oder Konzentrationsschwäche gehört. Doch was meinen diese Begriffe überhaupt? Können Kinder tatsächlich darunter leiden? Was sind die Ursachen? Wie kann man dagegen steuern?

Vorweg gilt zu sagen, dass es jeden treffen kann. Kinder, Frauen, Männer, sogar ältere Menschen. Niemand ist davor geschützt und doch hört man häufig, dass vor allem Kinder darunter leiden.

Beide Begriffe meinen, dass die Fähigkeit des Menschen über einen längeren Zeitraum, in welchem er sich länger mit einer Aufgabe befassen muss, verringert sein kann. Beispielsweise lenken äußere Reize die Aufmerksamkeit des Menschen auf sich, obwohl sie eigentlich etwas zu tun haben. In diesem Fall ist die Konzentration gestört.

Es ist möglich, dass aus einer kurzweiligen und eigentlich harmlosen Konzentrationsschwäche ein ernst zu nehmendes Problem wird, welches sogar auf Krankheiten hinweisen kann.

Verschiedene Ursachen können hier ausschlaggebend sein.

- Stress
- Müdigkeit oder Schlafmangel
- Ungesunde Ernährung
- Bewegungsmangel
- Eisenmangel
- Überforderung
- ADHS

Wenn Sie befürchten, dass Ihr Kind an Konzentrationsschwäche leidet und Sie ihm helfen wollen, diese zu überwinden, dann ist dieses Buch genau das Richtige für Sie. Es beinhaltet wichtige Fakten, Erklärungen und vor allem zahlreiche Übungen, die Ihr Kind spielerisch ausüben kann.

Zögern Sie nicht lange und widmen Sie Ihre Aufmerksamkeit dem Text, damit Sie Ihr Kind bestmöglich unterstützen können.

Ich wünsche Ihnen viel Freude und Erfolg.

Kapitel 1: Liebe Eltern!

Ein Eintrag in das Hausaufgabenheft, eine weitere schlechte Note, Frust bei den Hausaufgaben oder gar beim Lernen – Sie werden es gewiss kennen und fragen sich, was nur mit Ihrem Kind los ist. Anfangs lief doch alles wunderbar in der Schule und nun das.

Vielleicht hatten Sie bereits ein Gespräch mit der Lehrerin/ dem Lehrer Ihres Kindes und es wurde Ihnen offenbart, dass es sich womöglich um eine Konzentrationsstörung handeln könnte. Ich kann mir vorstellen, dass es eventuell erst einmal ein Schock war, dies zu hören und Sie nun nicht wissen, was Sie unternehmen sollen.

Doch den ersten Schritt haben Sie bereits getan! Sie haben mit der Lehrerin oder dem Lehrer gesprochen und sich zusätzlich diesen Ratgeber gekauft. Es kann also nur noch Berg auf gehen.

Wenn Ihr Kind Konzentrationsschwächen aufzeigt, heißt das nicht, dass Sie direkt vom Schlimmsten ausgehen müssen. Das kann manchmal nur vorübergehend sein, weil etwas Ihr Kind beschäftig.

Eltern lieben Ihr Kind und würden alles dafür tun, dass es ihm an nichts fehlt. Es soll ihm gut gehen und es soll all das haben, was es für ein rundum gutes Leben braucht. Dadurch machen sich Eltern oftmals zu schnell Sorgen und stehen die schlimmsten Ängste aus, weil sie glauben, es geht ihrem Kind nicht gut. Doch oftmals kommen die Sorgen Eltern viel zu rasch auf.

In den folgenden Kapiteln werden Sie viele Informationen rund um das Thema Konzentration erhalten. Sie werden zudem einige effektive Übungen entdecken, welche Sie mit Ihren Kindern ausprobieren können. Diese helfen Ihrem Kind wunderbar dabei, spielerisch Konzentration zu erlenen.

Zudem erfahren Sie, worin der Unterschied zwischen einer Konzentrationsschwäche und ADHS liegen, wann man diesbezüglich zum Arzt gehen sollte und noch vieles mehr.

Kapitel 2: Was ist überhaupt Konzentration?

Konzentration ist, wenn man sich auf etwas konzentriert. Ja, das klingt logisch, doch eine ausreichende Erklärung ist dies selbstverständlich nicht. Schauen wir uns den Begriff also einmal genauer an:
Der Begriff Konzentration meint, dass man sich auf etwas fokussiert und diesem etwas seine volle Aufmerksamkeit schenkt. Das können viele Dinge sein, beispielsweise: eine Tätigkeit, das Lösen von Aufgaben, Musik oder dem Vortrag eines anderen.
Wenn man also beispielsweise eine Aufgabenstellung fokussiert, richtet man seine Aufmerksamkeit für einen gewissen Zeitraum auf eben diese. Nichts anderes ist in diesem Zeitraum wichtiger als das Lösen der Aufgabe.
Wer sich also auf etwas konzentriert, strengt seinen Geist an, denn während man sich beispielsweise einer Aufgabenstellung widmet, denkt man auch darüber nach. Man entwickelt bereits im Kopf Lösungsansätze, die man dann gegebenenfalls auch zu Papier bringt.
Denkt man an Konzentration, denkt an fast schon automatisch auch an Aufmerksamkeit. Doch was ist Aufmerksamkeit und ist es nicht vielleicht das Gleiche wie Konzentration?
Aufmerksamkeit ist die Fähigkeit eines Menschen, sich auf etwas zu konzentrieren. Damit sich diese Fähigkeit entwickeln kann, braucht es natürlich bestimmte Voraussetzungen. Hier kommen unter anderem die Gene der Person, aber auch von Erfahrungen ab. Wenn diese Fähigkeit also gut ausgebildet ist, gelingt es dem Menschen besser, Reize herauszufiltern, bestimmte Dinge zu fokussieren sowie Ablenkungen von außen auszublenden.
Beides hat also etwas miteinander zu tun, aber ist es auch wirklich das Gleiche? Nicht ganz. Die Konzentration ist sozusagen ein Teilbereich der menschlichen Aufmerksamkeit. Wie bereits erwähnt, ist Konzentration etwas, das sich in einem zeitlichen Rahmen abspielt.
In unserer heutigen Zeit ist es gar nicht mehr so einfach, sich wirklich konzentrieren zu können. Egal wo man hinschaut, überall lauert Ablenkung. Gerade für

Kinder ist es besonders schwer, denn sie befinden sich noch im Lernprozess und müssen ihre Fähigkeit, sich auf etwas konzentrieren zu können und aufmerksam zu sein, erst noch entwickeln.
Unsere moderne Welt ist zu dem schneller und hektischer geworden, wodurch es für Kinder, aber auch für Erwachsene gar nicht mehr so einfach ist, den eigenen Fokus tatsächlich auf nur eine Sache zu richten.
Gleichermaßen ist jedoch auch die Wachsamkeit einen ganzes Stück weit in den Hintergrund gerückt. Mit Wachsamkeit meint man die Fähigkeit des Menschen, etwas ganz genau wahrzunehmen und sofort zu reagieren, wenn es notwendig ist. Wenn wir an unsere Vorfahren denken, die ihr Essen erst einmal erlegen mussten, wissen wir, wie weit unsere Fähigkeit diesbezüglich in den Hintergrund gerückt ist. In manchen Lebensbereichen ist sie einfach nicht mehr notwendig.
Bei Kindern scheint dies jedoch ganz anders zu sein, besonders bei Kindern, die Schwierigkeiten mit ihrer Aufmerksamkeit haben. Besondere Reize wie Geräusche, Gerüche, Bilder oder andere Eindrücke scheinen sie regelrecht aufzusaugen. Dies wiederum wirkt sich allerdings negativ auf deren Konzentration aus. Es fällt ihnen sehr schwer, den Fokus auf dem Wesentlichen zu belassen. Vielmehr interessiert sie, wo beispielsweise dieses eine besondere Geräusch herkam. Das eigentliche Ziel, eine Lösung für die vorliegende Aufgabe zu finden, rückt damit in den Hintergrund.
Wenn wir davon sprechen, dass die Aufmerksamkeit unserer Kinder beeinträchtigt ist, müssen wir uns auch ansehen, welche Faktoren hier eine große Rolle spielen könnten:

- Farbige Reize
- Bewegungen
- Neue Dinge
- Geräusche aller Art
- Gerüche
- Erzählungen anderer

Aber nicht nur Faktoren, welche die Sinne unserer Kinder ansprechen, können für Ablenkung und somit für mangelnde Konzentration sorgen:

- Uninteressantes Material
- Zu viele Reize
- Schlafmangel
- Ungesunde Ernährung
- Schwatzende Mitschüler
- Laufender TV oder das Radio
- Gespräche aus anderen Räumen
- Hunger oder Übersättigung
- Wenig Bewegung

Aufmerksamkeit beschreibt das Zusammenspiel dreier Netzwerke, die sich in unserem Gehirn befinden. Diese sind für unterschiedliche Aufgaben zuständig und doch müssen sie miteinander arbeiten.

- Das „Alerting"-Netzwerk
- Das Orientierungsnetzwerk
- Die exekutive Kontrolle

In allen drei Netzwerken kann es vorkommen, dass es zu Aufmerksamkeitsproblemen kommt. Die Ursachen dafür können sehr spezifisch sein.
Ob das Kind konzentriert ist, hängt auch mit seinem emotionalen Zustand zusammen. Kinder, denen es rundum gut geht, können sich wunderbar auf ihre Aufgaben konzentrieren. Kinder, deren Stimmung negativ ist, zeigen häufig eine sinkende Konzentration.
Dass die Stimmung der Kinder negativ ist, kann unter anderem am psychischen Zustand, der Umgebung, der Ernährung, am Schlaf oder an Bewegungsmangel liegen. Diese Punkte treten nicht einzeln auf, sondern wirken abwechselnd.

Symptome einer Konzentrationsstörung

- Leicht ablenkbar
- Schweifen in Gedanken ab
- Zerstreut
- Verlieren roten Faden beim Erzählen
- vergessen Aufgabe
- vergessen, was sie zuvor gehört haben
- Wirken müde
- Beginnen viele Dinge, führen aber wenig zu Ende

Wie kann man die Konzentration der Kinder fördern?

Die Frage lässt sich ganz einfach beantworten: Indem man dafür sorgt, dass sich die Stimmung des Kindes verbessert. Dies kann beispielsweise durch bessere Ernährung, Bewegung, Entspannungsübungen oder Konzentrationsübungen erreicht werden. Und genau hier setzt das Buch an.

In Kapitel 6 werden Sie zahlreiche Übungen finden, welche die Konzentration Ihres Kindes erheblich verbessern können.

Kapitel 3: Welche Konzentrationsdauer kann man bei Kindern zwischen den 6 und 11 Lebensjahr erwarten?

Passende Übungen zur Förderung der Konzentration zu finden, ist das eine. Zu wissen, wie hoch die Konzentrationsdauer Ihres Kindes überhaupt ist, das andere. Je älter ein Kind wird, desto länger gelingt es ihm, dich zu konzentrieren.

Alter des Kindes	Konzentrationsdauer
Sechs Jahre	15 Minuten
Sieben Jahre	15 Minuten/ 20 Minuten
Acht Jahre	20 Minuten
Neun Jahre	20 Minuten
Zehn Jahre	20 Minuten/ 25 Minuten
Elf Jahre	25 Minuten

Wie Sie hier bereits wunderbar sehen können, steigert sich die Konzentrationsdauer der Kinder mit jedem Alter. Wichtig ist hier jedoch, dass alle Kinder unterschiedlich sind und sich die Dauer der aktiven Konzentration auch ebenso unterschiedlich auswirken kann. Sie können ein Kind haben, dem es bereits mit sechs Jahren gelingt, sich länger als zwanzig Minuten zu konzentrieren. Es ist aber auch möglich, dass sich Ihr zehnjähriges Kind gerade einmal 15 Minuten lang konzentrieren kann.

Kapitel 4: Woran kann es liegen, dass mein Kind unkonzentriert ist oder eine unkonzentrierte Phase durchmacht?

Manchmal ist es so, dass sich Kinder, denen die Konzentration bisher leicht gefallen ist, plötzlich schlechter konzentrieren können. Hierfür gibt es Ursachen, denen man auf den Grund gehen muss.
Diese Ursachen können unterschiedlicher Herkunft sein und doch sorgen sie gleichermaßen dafür, dass Ihr Kind plötzlich unkonzentriert ist.
In Kapitel 2 habe ich Ihnen bereits einige dieser Ursachen genannt. Diese möchte ich nun für Sie noch etwas genauer betrachten.

Zu viele Reize

Reize lauern überall. Gerade Kinder nehmen diese so rasant auf, dass man manchmal gar nicht bemerkt, was diese anrichten. Ist Ihr Kind gerade erst in die Schule gekommen, ist natürlich noch alles neu und vor allem aufregend. Viele Bilder, viele Geräusche, viel Material, das es noch nicht kennt, und vor allem viele Kinder, mit denen es fortan lernen soll.
Zu den vielen Reizen können aber auch viele Hintergrundgeräusche sein. Wenn Sie zu Hause mit Ihrem Kind lernen wollen, ist es daher notwendig, dass Sie für Ruhe sorgen. Schaffen Sie für Ihr Kind eine ruhige Atmosphäre und sorgen sie auch dafür, dass es sich entspannen kann.
Schalten Sie den Fernseher oder das Radio aus, schließen Sie das Fenster, falls durch dieses der Lärm von draußen dringen könnte. Sorgen Sie dafür, dass Ihr Telefon nicht klingelt und die gemeinsame Zeit optimal zum Lernen genutzt werden kann.

Schlafmangel

Manchmal kommt es vor, dass Kinder sehr schlecht einschlafen können und daher weniger Schlaf bekommen, als sie tatsächlich benötigen. Die Ursachen können hier beispielsweise sein, dass Ihr Kind sich mit etwas beschäftigt und davon nicht abschalten kann. Als Eltern stehen Sie daher in der Pflicht, dafür Sorge zu tragen, dass Ihr Kind sich bei Ihnen den eigenen Kummer von der Seele reden kann. Vertraute Gespräche mit Mama oder Papa nehmen dem Kind den Druck und auch die Angst, was dabei hilft, dass es sich entspannen kann.

In unserer heutigen Zeit ist es oft so, dass die meisten schneller, höher und weiter wollen. Doch gerade für Kinder ist es manchmal wichtiger, auch mal einen oder gar mehrere Gänge zurückzuschalten. Besinnen Sie sich demnach auf das Nötigste. Ihr Kind hat im stressigen Schulalltag bereits genug Aufgaben, die es meistern muss. Übertreiben Sie es nicht mit Hobbys und Freizeitaktivitäten. Bleiben Sie auch mal zu Hause mit Ihrem Kind oder gehen Sie gemeinsam spazieren. So sorgen Sie auch dafür, dass es die notwendige Bewegung bekommt. Und die frische Luft hilft zudem, dass man einen klaren Kopf fassen kann.

Hunger oder Übersättigung

Ein Kind, das Hunger hat oder zu viel gegessen hat, kann sich ebenfalls nicht konzentrieren. Gute und gesunde Ernährung ist sehr wichtig, da dem Gehirn durch das Essen essenzielle Nährstoffe zu geführt werden, die es zum Arbeiten braucht.

Wer also mit leerem Magen lernen soll, dem wird es schwerfallen, sich auch tatsächlich auf den Unterricht oder die Übungszeit zu Hause zu konzentrieren. Das Gleiche gilt für jene Kinder, die übersättigt sind. Vielleicht mussten auch Sie schon einmal mit vollem Magen arbeiten. Erinnern Sie sich daran zurück, wie schwer es Ihnen gefallen ist, überhaupt in die Gänge zu kommen. Ein zu voller Magen macht nämlich auch müde.

Schlafmangel

Kinder, die nicht richtig schlafen können, werden zu Zeiten, in denen sie etwas lernen sollen, völlig übermüdet oder gar so aufgedreht sein, dass sie dem Geschehen nicht folgen können. Zudem ist ausreichend Schlaf auch dafür wichtig, dass sich unser Gehirn entspannen und für den nächsten Tag vorbereiten kann. Sie sollten also großen Wert darauf legen, dass Ihr Kind ausreichend Schlaf bekommt.
Manchmal ist es auch so, dass Kinder sehr unruhig schlafen, weil sie unschöne Erlebnisse im Traum verarbeiten. Hier ist es wichtig, dass man den Kindern tagsüber auch ab und an kleine Ruhephasen gönnt, in denen sie sich erholen können.

Wenig Bewegung

Wenig Bewegung führt dazu, dass der Körper des Kindes schlaff wird, aber auch dazu, dass es seine Energie nicht herauslassen kann. Wer sich bewegt, der tankt gleichzeitig auch Sauerstoff und dieser ist notwendig, damit unser Gehirn gut arbeiten kann. Lassen Sie Ihrem Kind demnach genügend Freiraum und vor allem Platz für Bewegung. Die Ausrede „Es regnet heute aber“ sollte hier keinesfalls gelten, denn auch bei diesem Wetter tut es gut, sich an der frischen Luft zu bewegen.

Uninteressantes Material

Wer kennt die ewigen Nörgeleien nicht auch zur Genüge: „Das gefällt mir aber nicht“ oder „Das ist so langweilig“. Wenn Sie sich nun einmal an Ihre Kindheit zurückerinnern, werden Sie feststellen, dass es auch Ihnen so ging und wenn Sie sich einmal selbst reflektieren, stellen Sie fest, dass es auch heute noch der Fall sein kann. Dinge, die einem uninteressant erscheinen, oder auch Aufgaben, die hört und sieht man nicht gerne an.
Wenn Sie also zu Hause mit Ihrem Kind lernen, sollten Sie großen Wert darauf legen, dass das Material auch interessant und ansprechend ist. Sprechen Sie mit Ihrem Kind und erfragen Sie, welche Interessen es gerade hat. Dies können Sie auch wunderbar herausfinden, wenn Sie Ihr Kind intensiv beobachten.
Haben Sie die Interessen herausgefunden, können Sie das Material dementsprechend gestalten. Sie werden merken, dass es gleich viel besser laufen wird.

Kapitel 5: Wo ist der Unterschied zwischen einem nicht konzentrierten Kind und einem Kind, was ADHS hat?

Wenn Eltern hören, dass Ihr Kind eine Konzentrationsschwäche hat, machen sich die meisten nicht nur Sorgen, sondern denken auch gleich daran, dass es ADHS hat. Doch für welche Erkrankung oder Störung stehen die vier Buchstaben eigentlich?

Definition ADHS

ADHS heißt ausgesprochen Aufmerksamkeitsdefizit-Hyperaktivitätsstörung. Spricht man von ADHS, ist die Rede von einer häufigen Auffälligkeit der kindlichen Psyche. Es wird angenommen, dass etwa sechs Prozent unter einer krankhaften Störung ihrer Aufmerksamkeit leiden. Zudem sind diese Kinder motorisch unruhiger als andere.
Diese Störung weißt drei Hauptsymptome auf:

- Unaufmerksamkeit (gestörte Konzentrationsfähigkeit)
- Impulsivität (unüberlegtes Handeln)
- Hyperaktivität (übersteigerter Bewegungsdrang)

Wie stark dic Symptome auftreten, ist von Kind zu Kind unterschiedlich. Doch nicht nur die Ausprägung der Anzeichen kann sehr andersartig ausfallen, sondern auch die Bezeichnungen dafür. Kinder, die besonders aktiv sind und sich sehr viel bewegen, nicht still sitzen können, werden häufig auch als Zappelphilipp bezeichnet.
Es gibt aber auch das Phänomen, bei dem das Kind keine ausgeprägte Hyperaktivität zeigt, sondern das komplette Gegenteil darstellt. Hier spricht man dann von einem Aufmerksamkeitsdefizit-Syndrom ohne Hyperaktivität.
Es gilt hier jedoch zu sagen, dass nicht alle Kinder, die unruhig oder sehr ruhig

und verträumt sind, auch tatsächlich eine krankhafte Störung aufweisen. Um dies zu beurteilen, ist es notwendig, einen Arzt oder Psychologen aufzusuchen. Erst nach dessen differenzierten Untersuchungen lässt sich tatsächlich sagen, ob es auf das Kind zutrifft.
Das wichtigste Kriterium, um hier eine klare Diagnose zu treffen, ist, dass die Auffälligkeiten mindestens über ein halbes Jahr lang bemerkt werden. Zudem muss dies auch in den drei wichtigen Lebensbereichen des Kindes auftreten: Familie, Freizeit und Schule.
Sollten Sie annehmen, dass Ihr Kind unter ADHS leidet, sollten Sie unbedingt einen Arzt aufsuchen, denn wenn man dem nicht nachgeht und keine Behandlung erfolgt, kann es zu schweren folgen kommen. Diese Folgen betreffen nicht nur das Kind, sondern auch dessen familiäres Umfeld.
Kinder, die behandelt werden, haben eine gute Chance auf eine weitestgehend normale Entwicklung im sozialen und auch im schulischen Bereich. Wichtig ist, dass die Behandlung gezielt auf die Symptome des Kindes abgestimmt ist.
Um herauszufinden, worin sich ADHS und eine Konzentrationsstörung unterscheiden, ist es wichtig, einen Blick auf die Symptome zu werfen. Diese habe ich noch einmal für Sie zusammengefasst.

Symptome

Ausgehend von der Definition gibt es folgende drei Kernsymptome:

- Aufmerksamkeitsschwäche
- Ausgeprägte Impulsivität
- Extreme Unruhe (Hyperaktivität)

Diese werden in weitere drei Untergruppen unterteilt:

Vorwiegend hyperaktiv-impulsiv:

- Zappelig
- Unkonzentriert
- Chaotisch
- Unkontrolliert, impulsiv
- Windet sich
- Zappelt herum
- Sitzen bleiben, fällt extrem schwer
- Will sofort dran kommen
- Rennt sehr viel
- Klettert extensiv
- Antworten schießen schnell aus ihm heraus
- Keine Rücksichtnahme auf andere → stört und unterbricht gerne
- Kurz dauernde Wutausbrüche
- Risikofreudig

Vorwiegend aufmerksamkeitsgestört:

- Dauerhaft unkonzentriert
- Ständig verträumt (Tagträumer)
- Still/ ruhig
- Schweifen in Gedanken oft ab
- Leicht ablenkbar
- Verlieren viele Dinge
- Sehr unstrukturiert
- Fangen viele Dinge an
- Am Ball bleiben fällt schwer

Aufmerksamkeitsgestört und hyperaktiv:

Hier tritt eine Mischung aus eben genannten Symptomen auf. Dabei ist deren Ausprägung sehr unterschiedlich.

Wie Sie sehen können, sind die Symptome bei ADHS weitaus stärker ausgeprägt als bei einer Konzentrationsstörung. Wenn Ihr Kind also plötzlich unkonzentriert ist, heißt das noch lange nicht, dass es auch ADHS hat. Beobachten Sie Ihr Kind intensiv und helfen Sie ihm dabei, seine Konzentration zu stärken.

Kapitel 6: Wie kann ich die Konzentration meines Kindes verbessern?

Ziel des Buches ist, Ihnen nicht nur einige hochwertige Informationen zum Thema zu vermitteln, sondern Ihnen zahlreiche kleine Übungen mit auf den Weg zu geben, die Sie und Ihr Kind ausprobieren können.
Im folgenden Text finden Sie die verschiedensten Übungen, welche Ihr Kind auf spielerische Art und Weise dabei unterstützen, dessen Konzentration effektiv zu fördern.
Ich wünsche viel Freude beim Ausprobieren. Sie werden schon nach wenigen Anwendungen feststellen, dass sich diese Übungen tatsächlich auszahlen werden.

Bevor Sie mit den einzelnen Übungen beginnen, sind folgende Dinge für Sie wichtig zu wissen:

- Lesen Sie die Aufgabe langsam und ruhig vor
- Lassen Sie Ihrem Kind Zeit
- Bewerten Sie Ihr Kind nicht
- Drängen Sie Ihr Kind nicht dazu, etwas so lange zu üben, bis es funktioniert
- Ihr Kind weiß selbst, was es schaffen kann und was noch Übung braucht
- Der Spaß steht im Vordergrund → so lässt sich Konzentration besser fördern
- Übertreiben Sie es nicht mit der Zeit, zu viel des Guten ist nicht förderlich

Atemübungen

1) Surfbrett

Haben Sie gewusst, dass das tiefe einatmen in den Bauch hinein spezielle Informationen an unser Gehirn schickt und dabei hilft, sich zu konzentrieren? Diese Übung lässt sich zu jeder Zeit durchführe, um sich wieder fokussieren und konzentrieren zu können. Mit dieser Atemübung kann Ihr Kind lernen, seine Atmung bewusst zu kontrollieren.

Dauer: ca. fünf bis zehn Minuten
Spieleranzahl: kann man allein oder mit Freunden spielen
Das braucht man: Bleistift, einen kleinen Stein, Papier, Schere, Buntstifte

So funktioniert es:

1) Zeichne ein Surfbrett auf ein Blatt Papier. Wenn du möchtest, kannst du es bunt anmalen.

2) Schneide es anschließend aus.

3) Lege dich nun auf deinen Rücken und packe das Bild auf deinen Bauch. Zusätzlich legst du den kleinen Stein auf das Bild. Jetzt konzentrierst du dich voll und ganz auf deine Atmung.

4) Atme ganz tief ein, damit dein Surfbrett auf großen Wellen surfen kann. Wenn du diese Übung mit deinem Freund machts, gewinnt der, welcher die größte Welle schafft, ohne dass der Stein herabfällt. Übst du alleine, kannst du genau beobachten, wie groß deine Atemwellen werden können, ohne dass der Stein herabfällt.

2) In meinem Herzen

Mit dieser Übung kann sich Ihr Kind mit den Menschen verbunden fühlen, welche für Ihr Kind wichtig sind. Sobald man liebe anderer spürt, gibt es einem das Gefühl von Sicherheit. Wer sich sicher fühlt, trifft auch sichere Entscheidungen und wir sind dazu bereit, neue Dinge auszuprobieren und neue Freunde zu finden. Das Spiel kann allein aber auch mit anderen gespielt werden.

Dauer: 3–5 Minuten
Spieleranzahl: kann man allein oder mit Freunden spielen
Das braucht man: ein Kissen oder einen weichen Sitzplatz

So funktioniert es:

1) Versuche dich so hinzusetzen, dass es bequem ist.

2) Forme mit deinen Daumen und den Zeigefingern ein Herz. Halte deine geformten Hände an deine Brust, wo sich dein Herz befindet.

3) Schließe deine Augen und stelle dir jemanden vor, der dir wichtig ist. Das können deine Eltern, Lehrer, Freunde oder dein Lieblingssänger sein.

4) Atme tief ein und aus, während du an diese Person denkst.

5) Kannst du mit deinen Händen deinen Herzschlag spüren, wenn du tief ein und ausatmest? Es gibt dir extra viel Kraft.

6) Führe die Übung so lange durch, bis du dich ganz entspannt fühlst. Du kannst es immer und überall anwenden. So kannst du die spezielle Person immer und überall in deinem Herzen bei dir tragen.

3) Ballon

Haben Sie gewusst, dass es unser Gehirn und unseren Körper beruhigt, wenn wir Dinge loslassen können? Mit dieser Übung geben Sie Ihrem Kind die Möglichkeit, sich von allem zu lösen und zu entspannen.

Dauer: mindestens 5 Minuten
Spieleranzahl: kann man allein oder mit Freunden spielen
Das braucht man: Fantasie

So funktioniert es:

1) Stelle dich gerade hin und mache dich ganz groß.

2) Schließe dabei gerne deine Augen.

3) Atme tief ein und aus. Mit einer Hand formst du eine sanfte Faust, so, dass du ein Loch zwischen den Fingern und deiner Handfläche sehen kannst.

4) Puste in das Loch hinein, als würdest du einen Ballon aufpusten.

5) Stell dir vor, du pustest all deine Sorgen heraus. Puste so lange, bis du dich frei fühlst. Dabei kann dein Luftballon ganz groß werden, ohne das er platzt.

6) Wenn du fertig bist, kannst du ihn zubinden und loslassen. Mit ihm lässt du all deine Sorgen in die Luft steigen.

7) Wie fühlt es sich an, all die Sorgen loszulassen? Bestimmt fühlst du dich jetzt befreit. Manchmal ist es ganz gut, die Dinge einfach loszulassen, manchmal ist es aber auch gut, über sie nachzudenken. Wenn du deinen Ballon zurückhaben möchtest, greifst du einfach nach ihm. Dann kannst du dich wieder mit manchen Dingen beschäftigen oder neue Sorgen hineinpusten. Du kannst die Schnur in deinen Gedanken einfach irgendwo festbinden.

4) Das Schlauchboot

Haben Sie gewusst, dass es unser Gehirn und unseren Körper beruhigt, wenn wir Dinge loslassen können? Mit dieser Übung geben Sie Ihrem Kind die Möglichkeit, sich von allem zu lösen und zu entspannen.

Dauer: mindestens 5 Minuten
Spieleranzahl: kann man allein oder mit Freunden spielen
Das braucht man: Fantasie

So funktioniert es:

1) Stelle dich gerade hin und mache dich ganz groß.

2) Schließe dabei gerne deine Augen.

3) Atme tief ein und aus. Mit einer Hand formst du eine sanfte Faust, so dass du ein Loch zwischen den Fingern und deiner Handfläche sehen kannst.

4) Puste in das Loch hinein, als würdest du dein Schlauchboot aufpusten.

5) Stell dir vor, du pustest all deine Sorgen heraus. Puste so lange, bis du dich frei fühlst. Dabei wird dein Schlauchboot ganz groß.

6) Wenn du fertig bist, kannst du es zustöpseln, ein langes Seil befestigen und es auf dem See loslassen. Mit ihm lässt du all deine Sorgen davontreiben.

7) Wie fühlt es sich an, all die Sorgen loszulassen? Bestimmt fühlst du dich jetzt befreit. Manchmal ist es ganz angenehm, die Dinge einfach loszulassen, manchmal ist es aber auch gut, über sie nachzudenken. Wenn du dein Boot zurückhaben möchtest, greifst du einfach nach dem Seil und ziehst es zurück. Dann kannst du dich wieder mit manchen Dingen beschäftigen oder neue Sorgen hineinpusten. Du kannst die Schnur in deinen Gedanken einfach irgendwo festbinden.

5) Skateboard

Haben Sie gewusst, dass das tiefe einatmen in den Bauch hinein spezielle Informationen an unser Gehirn schickt und dabei hilft, sich zu konzentrieren? Diese Übung lässt sich jeder Zeit durchführe, um sich wieder fokussieren und konzentrieren zu können. Mit dieser Atemübung kann Ihr Kind lernen, seine Atmung bewusst zu kontrollieren.

Dauer: ca. fünf bis zehn Minuten
Spieleranzahl: kann man allein oder mit Freunden spielen
Das braucht man: Bleistift, einen kleinen Stein, Papier, Schere, Buntstifte

So funktioniert es:

1) Zeichne ein Skateboard auf ein Blatt Papier. Wenn du möchtest, kannst du es bunt anmalen.

2) Schneide es anschließend aus.

3) Lege dich nun auf deinen Rücken und packe das Bild auf deinen Bauch. Zusätzlich legst du den kleinen Stein auf das Bild. Jetzt konzentrierst du dich voll und ganz auf deine Atmung.

4) Atme ganz tief ein, damit dein Skateboard auf große Hügel fahren kann. Wenn du diese Übung mit deinem Freund machts, gewinnt der, welcher den größten Hügel schafft, ohne dass der Stein herabfällt. Übst du alleine, kannst du genau beobachten, wie groß deine Hügel werden können, ohne dass der Stein herabfällt.

6) Schneeflocke

Wissen Sie eigentlich, dass Körper und Geist miteinander verbunden sind? Wenn wir also unseren Körper entspannen, wird sich auch unser Geist entspannen. Mit dieser Übung kann Ihr Kind lernen, sich auf dessen Körper und seine Atmung zu konzentrieren und dabei seinen Geist zu entspannen.

Dauer: mindestens 3 Minuten
Spieleranzahl: kann man allein oder mit Freunden spielen
Das braucht man: Fantasie

So funktioniert es:

1) Schließe deine Augen und stelle dir vor, dass du eine ganz besondere Schneeflocke bist, welche durch die eisige Luft fliegt.

2) Atme durch die Nase ein und zähle bei jedem Atemzug bis vier. Denke daran, dass du sehr kalte Luft einatmest.

3) Atme aus deinem Mund aus und zähle bei jedem Atemstoß bis sechs. Stelle dir dabei vor, dass du wie die Schneeflocke ganz langsam auf den Boden sinkst.

4) Atme weiter ein und atme noch langsamer dabei aus. Denk daran, dass du eine ganz besondere Schneeflocke bist, die ganz langsam zu Boden gleitet. Die Schneeflocke, die zuletzt auf dem Boden ankommt, ist der Gewinner.

5) Wenn du auf dem Grund angelangt bist, beginnst du zu schmelzen. Entspanne all deine Muskeln, dein Gesicht, deine Arme, deine Finger, deine Beine, deine Zehen, deinen Körper. Wiederhole es so lange, bis du völlig entspannt bist.

7) Feder

Wissen Sie eigentlich, dass Körper und Geist miteinander verbunden sind? Wenn wir also unseren Körper entspannen, wird sich auch unser Geist entspannen. Mit dieser Übung kann Ihr Kind lernen, sich auf dessen Körper und seine Atmung zu konzentrieren und dabei seinen Geist zu entspannen.

Dauer: mindestens 3 Minuten
Spieleranzahl: kann man allein oder mit Freunden spielen
Das braucht man: Fantasie

So funktioniert es:

1) Schließe deine Augen und stelle dir vor, dass du eine ganz besondere Feder bist, welche durch die warme Luft fliegt.

2) Atme durch die Nase ein und zähle bei jedem Atemzug bis vier. Denke daran, dass du angenehm warme Luft einatmest.

3) Atme aus deinem Mund aus und zähle bei jedem Atemstoß bis sechs. Stelle dir dabei vor, dass du wie die Feder ganz langsam auf den Boden sinkst.

4) Atme weiter ein und atme noch langsamer dabei aus. Denk daran, dass du eine ganz besondere Feder bist, die ganz gemach zu Boden gleitet. Die Feder, die zuletzt auf dem Boden ankommt, ist der Gewinner.

5) Wenn du auf dem Grund angelangt bist, wirst du unsichtbar. Entspanne all deine Muskeln, dein Gesicht, deine Arme, deine Finger, deine Beine, deine Zehen, deinen Körper. Wiederhole es so lange, bis du völlig entspannt bist.

8) Die Rettung der Regenwolke

Mit dieser Übung ermöglichen Sie Ihrem Kind, die tiefen Atemzüge zu sehen. So kann es sich selbst kontrollierter und sicherer fühlen.

Dauer: mindestens 5 Minuten
Spieleranzahl: kann man allein oder mit Freunden spielen
Das braucht man: Papier oder einen weichen Ball → stellt die Regenwolke dar

So funktioniert es:

1) Reise ein Blatt Papier in der Mitte durch. Wenn du einen weichen Ball hast, kannst du diesen benutzen.

2) Lege deine Regenwolke auf einen langen Tisch.

3) Stelle dir, dass deine Regenwolke feststeckt. Oh je. Jetzt regnet es immer wieder an der gleichen Stelle. Deine Wolke kann nicht alleine weg und braucht Hilfe, um voranzukommen. Immerhin möchte sie auch anderen neues Wasser geben.
Atme langsam aus und schau zu, wie weit sich deine Regenwolke fortbewegen kann. Lege dabei deine Hand auf den Bauch und spüre, wie sich das Ein- und Ausatmen anfühlt.

4) Wiederhole diese Übung. Dieses Mal kannst du jedoch richtig tief einatmen und kräftig ausatmen. Lege dabei deine Hand auf den Bauch und spüre, wie sich das Ein- und Ausatmen anfühlt.

5) Wiederholde die Übung erneut und achte darauf, dass du so atmest, dass sich die Wolke gleichmäßig fortbewegt.

6) Atme tief ein und puste die Luft so langsam heraus, als wärest du ganz seichter Wind im Frühling.

9) Die Rettung des Bootes

Mit dieser Übung ermöglichen Sie Ihrem Kind, die tiefen Atemzüge zu sehen. So kann es sich selbst kontrollierter und sicherer fühlen.

Dauer: mindestens 5 Minuten
Spieleranzahl: kann man allein oder mit Freunden spielen
Das braucht man: Papier oder einen weichen Ball → stellt das Boot dar

So funktioniert es:

1) Reise ein Blatt Papier in der Mitte durch. Wenn du einen weichen Ball hast, kannst du diesen benutzen.

2) Lege dein Boot auf einen langen Tisch. Dieser stellt das Wasser dar.

3) Stelle dir, dass dein Boot feststeckt. Oh je. Jetzt regnet es immer wieder und dein Boot kommt nicht voran. Deine Wolke kann nicht alleine weg und braucht Hilfe.
Atme langsam aus und schau zu, wie weit sich dein Boot fortbewegen kann. Lege dabei deine Hand auf den Bauch und spüre, wie sich das Ein- und Ausatmen anfühlt.

4) Wiederhole diese Übung. Dieses Mal kannst du jedoch richtig tief einatmen und kräftig ausatmen. Lege dabei deine Hand auf den Bauch und spüre, wie sich das Ein- und Ausatmen anfühlt.

5) Wiederholde die Übung erneut und achte darauf, dass du so atmest, dass sich das Boot langsam fortbewegt.

6) Atme tief ein und puste die Luft so langsam heraus, als wärest du ganz seichter Wind im Frühling.

10) Das tanzende Tuch

Mit dieser Übung ermöglichen Sie Ihrem Kind, die tiefen Atemzüge zu sehen und zu spüren. So kann es sich selbst kontrollierter und sicherer fühlen.

Dauer: mindestens 5 Minuten
Spieleranzahl: kann man allein oder mit Freunden spielen
Das braucht man: ein kleines, dünnes Tuch

So funktioniert es:

1) Lege dich bequem auf einen weichen Untergrund.

2) Nimm das dünne Tuch und lege es auf dein Gesicht. Versuche, es erst einmal langsam in die Höhe zu pusten. Lege dabei deine flache Hand auf deinen Bauch und spüren, wie sich die Atmung bemerkbar macht.

3) Atme tief ein und versuche, das Tuch mit kräftigem Luft ausstoßen weit nach oben zu bringen. Sieh, wie es in der Luft tanzt.

Achtsamkeitsübungen

1) Die Sinnesdedektive

Wenn man sich mit all seinen Sinnen auf das konzentriert, was gerade passiert, kann man seinen Körper und seinen Geist wunderbar beruhigen. Mit folgender Übung lernt Ihr Kind, auf seine Sinne zu achten. So kann es sich entspannter fühlen.

Dauer: 5-10 Minuten
Spieleranzahl: kann man allein oder mit Freunden spielen
Das braucht man: fünf verschiedene Gegenstände, eine Decke, die eigenen Sinne (hören, Sehen, Riechen, Fühlen)

So funktioniert es:

Vorab: Sie wählen die Gegenstände aus und verstecken diese unter der Decke.

1) Schließe deine Augen und greife unter die Decke.

2) Wähle einen Gegenstand aus und fühle diesen mit all deinen Sinnen.

3) Beschreibe diesen Gegenstand mit Worten und sage, was es ist. Wenn ich sage, dass es richtig ist, darfst du den nächsten Gegenstand auswählen.

4) Das Spiel wird so lange fortgesetzt, bis all Gegenstände erfühlt wurden oder bis jedes Kind an der Reihe war.

2) Fühlsäckchen

Wenn man sich mit all seinen Sinnen auf das konzentriert, was gerade passiert, kann man seinen Körper und seinen Geist wunderbar beruhigen. Mit folgender Übung lernt Ihr Kind, auf seine Sinne zu achten. So kann es sich entspannter fühlen.

Dauer: 5-10 Minuten
Spieleranzahl: kann man allein oder mit Freunden spielen
Das braucht man: fünf Objekte, die in Säckchen versteckt werden, Bilder von den Gegenständen, die eigenen Sinne (hören, Sehen, Riechen, Fühlen)

So funktioniert es:

Vorab: Sie packen die Gegenstände in die Säckchen.

1) Nimm dir ein Säckchen und versuche durch fühlen, hören und riechen herauszufinden, was sich darin verbirgt.

2) Wenn du denkst, dass du weißt, was sich darin befindet, suche das passende Bild und lege das Säckchen darauf.

3) Wiederhole dies, bis du alle Säckchen erraten hast.

4) Kontrolliere, ob du tatsächlich alles richtig zuordnen konntest.

3) Tintenfischarme

Mit diesem Spiel trainiert Ihr Kind, sich mit der Umgebung zu verbinden. Es lernt, seinen Körper und seinen Geist zu beruhigen.

Dauer: 5-10 Minuten
Spieleranzahl: kann man allein oder mit Freunden spielen
Das braucht man: den eigenen Tastsinn, verschiedene Gegenstände

So funktioniert es:

Wichtig: Wenn mehrere Kinder mitspielen, sind diese abwechselnd der Tintenfisch.

1) Stelle dir vor, du bist der Tintenfisch unten im Meer. Setze dich bequem hin und schließe deine Augen.

2) Während man um dich herum verschiedene Gegenstände verteilt, kannst du durch aktives Hinhören herausfinden, wo diese in etwa liegen.

3) Taste nacheinander mit den Händen den Boden ab und suche die Gegenstände. Nimm dir Zeit, um zu erraten, welche du in den Händen hältst.

4) Wenn alle Gegenstände erraten wurden, kannst du zusätzlich den Boden um dich herum ertasten. Beschreibe, wie er sich anfühlt.

4) Hundehütte

Mit diesem Spiel trainiert Ihr Kind, sich mit der Umgebung zu verbinden. Es lernt, seinen Körper und seinen Geist zu beruhigen. Zudem wird der Hörsinn gut geschult.

Dauer: 5-10 Minuten
Spieleranzahl: mindestens drei Spieler
Das braucht man: Einen Schlüssel oder ein Glöckchenband

So funktioniert es:

1) Ein Kind setzt sich auf einen Stuhl und schließt die Augen. Unter dem Stuhl liegt bereits ein Schlüssel.

2) Nacheinander versuchen die Kinder, diesen Schlüssel zu holen. Dabei muss das Kind, welches auf dem Stuhl sitzt und den Hund spielt, ganz genau aufpassen. Beim kleinsten Geräusch des Schlüssels darf es bellen. Schafft es das Kind, den Schlüssel zu entwenden, darf es der neue Hund sein.

3) Das Spiel kann so lange gespielt werden, wie die Kinder Lust daran haben.

5) Gerüche

Wussten Sie, dass ein Bereich unseres Gehirns ein Wachmann ist? Dieser Teil nennt sich Amygdala. Dessen Aufgabe ist es, auf uns zu achten, indem es durch unsere Sinne alles im Auge behält, was sich um uns herum befindet. Manchmal ist dieser Teil jedoch völlig verwirrt, wodurch wir starke Emotionen durchmachen. Mit dieser Übung kann Ihr Kind trainieren, in solchen Momenten ruhig zu bleiben, um sichere Entscheidungen treffen zu können.

Dauer: 5-10 Minuten
Spieleranzahl: kann man allein oder mit Freunden spielen
Das braucht man: den eigenen Geruchssinn und einen Erwachsenen

So funktioniert es:

1) Schließe deine Augen und denke an einen Geruch, der dich entspannt.

2) Schau nach, ob nicht irgendwas diesen Geruch hat. möglicherweise ist es ja eine Blume, eine Frucht, dein Lieblingssnack oder vielleicht auch frisch gewaschene Wäsche?

3) Atme diesen Geruch tief ein und spüre, was dies mit deinem Körper macht.

4) Mache kleine, langsame Atemzüge, ohne daran zu riechen. Versuche, deinen Körper zu entspannen, wenn du dir den wundervollen Geruch nur vorstellst.

6) Lieblingsfarben

Mithilfe der Übung lernt Ihr Kind, sich auf den Sehsinn zu konzentrieren. Wer sich auf seine Umgebung konzentrieren kann, sorgt für einen klaren Geist. Wenn der Geist frei ist, kann man auch klare Entscheidungen treffen.

Dauer: 5-10 Minuten
Spieleranzahl: kann man allein oder mit Freunden spielen
Das braucht man: den eigenen Sehsinn

So funktioniert es:

1) Schließe deine Augen und denke an deine Lieblingsfarbe.

2) Öffne nun die Augen und sieh dich im Raum um. Wo kannst du die Farbe überall sehen?

3) Kannst du die Stille im Raum wahrnehmen? Lass diese auf deinen Körper wirken und versuche, dich gut zu entspannen.

Dieses Spiel kann beliebig oft wiederholt werden. Hierbei kann man immer an eine andere Farbe denken.

7) Lieblingsformen

Mithilfe der Übung lernt Ihr Kind, sich auf den Sehsinn zu konzentrieren. Wer sich auf seine Umgebung konzentrieren kann, sorgt für einen klaren Geist. Wenn der Geist frei ist, kann man auch klare Entscheidungen treffen.

Dauer: 5-10 Minuten
Spieleranzahl: kann man allein oder mit Freunden spielen
Das braucht man: den eigenen Sehsinn

So funktioniert es:

1) Schließe deine Augen und denke an deine Lieblingsform.

2) Öffne nun die Augen und sieh dich im Raum um. Wo kannst du die Form überall sehen?

3) Kannst du die Stille im Raum wahrnehmen? Lass diese auf deinen Körper wirken und versuche, dich gut zu entspannen.

Dieses Spiel kann beliebig oft wiederholt werden. Hierbei kann man immer an eine andere Form denken.

8) Große Elefantenohren

Mithilfe der Übung lernt Ihr Kind, sich auf den Hörsinn zu konzentrieren. So kann es Geräusche in seiner Umgebung besser wahrnehmen und sich vor möglichen Gefahren schützen.

Dauer: 5-10 Minuten
Spieleranzahl: kann man allein oder mit Freunden spielen
Das braucht man: den eigenen Hörsinn und Fantasie

So funktioniert es:

1) Stelle dir vor, du wärst ein Elefant mit ganz großen Ohren. Mit diesen kannst du ganz wunderbar hören.

2) Atme tief und langsam durch die Nase ein und durch den Mund wieder aus. Konzentriere dich darauf und lausche, wie sich deine Atmung anhört. Vielleicht kannst du auch dein Herz hören?

3) Wiederhole das so oft, bis du völlig entspannt bist.

4) Atme weiter ganz entspannt ein und aus. Kannst du vielleicht noch andere Geräusche wahrnehmen?

5) Wenn du genug Platz hast, kannst du auch an einen anderen Punkt gehen und von dort aus lauschen. Vielleicht entdeckst du an jener Stelle neue Geräusche.

9) Leckere Früchte

Manche Dinge machen wir fast schon automatisch und können gar nicht genießen, wie schön diese eigentlich sind. Die Übung verhilft Ihrem Kind dabei, etwas langsamer zu werden und eben auch das Schöne genießen zu können.

Dauer: 3-5 Minuten
Spieleranzahl: kann man allein oder mit Freunden spielen
Das braucht man: dein Lieblingsobst

So funktioniert es:

1) Hole dir dein Lieblingsobst und lege dieses bereit.

2) Nimm ein Stück und rieche daran. Beachte den Geruch und wie sich dein Körper bei diesem Geruch beendet.

3) Iss ein weiteres Stück auf und achte darauf, wie es sich anfühlt (warm, kalt, hart, weich, trocken, nass).

4) Wenn du ein weiteres isst, achte dieses Mal darauf, wie es sich anfühlt, wenn es durch deinen Körper wandert.

10) Gemüse

Manche Dinge machen wir fast schon automatisch und können gar nicht genießen, wie schön diese eigentlich sind. Die Übung verhilft Ihrem Kind dabei, etwas langsamer zu werden und eben auch das Schöne genießen zu können.

Dauer: 3-5 Minuten
Spieleranzahl: kann man allein oder mit Freunden spielen
Das braucht man: dein Lieblingsgemüse

So funktioniert es:

1) Hole dir dein Lieblingsgemüse und lege dieses bereit.

2) Nimm ein Stück und rieche daran. Beachte den Geruch und wie sich dein Körper bei diesem Geruch beendet.

3) Iss ein weiteres Stück auf und achte darauf, wie es sich anfühlt (warm, kalt, hart, weich, trocken, nass).

4) Wenn du ein weiteres isst, achte dieses Mal darauf, wie es sich anfühlt, wenn es durch deinen Körper wandert.

Bewegungsübungen

1) Hallo, mein lieber Körper

Wenn man sich auf seinen Körper konzentriert und auf diesen hört, wird man ihn besser wahrnehmen, was wiederum dabei hilft, seine eigenen Emotionen besser zu kontrollieren. Das Ziel dieser Übung ist, dass Ihr Kind genau dies lernt. Es wird merken, wie sich Muskeln entspannen können oder wie es sich anfühlt, wenn diese müde werden.

Dauer: 5-10 Minuten
Spieleranzahl: kann man allein oder mit Freunden spielen
Das braucht man: Deine Fantasie

So funktioniert es:

1) Suche dir einen ruhigen Platz, wo du dich hinsetzen kannst. Wenn du lieber stehst, kannst du das natürlich auch tun.

2) Spüre jetzt deine Füße auf dem Boden. Das funktioniert am besten, wenn du deine Augen geschlossen hältst.

3) Beuge dich herab und berühre die Zehen mit deinen Fingern. Begrüße sie mit hallo Füße.

4) Begrüße nun deine Beine, Knie, den Bauch, den Rücken, deine Arme, deinen Hals, dein Gesicht, deinen Mund, deine Ohren, Nase und Wangen und deinen Kopf. Spüre die Gefühle, welche dabei auftreten. Lass dir mit allem Zeit.

2) Gymnastik

Wenn man sich auf seinen Körper konzentriert und auf diesen hört, wird man ihn besser wahrnehmen, was wiederum dabei hilft, seine eigenen Emotionen besser zu kontrollieren. Das Ziel dieser Übung ist, dass Ihr Kind genau dies lernt. Es wird merken, wie sich Muskeln entspannen können oder wie es sich anfühlt, wenn diese müde werden.

Dauer: 5-10 Minuten
Spieleranzahl: kann man allein oder mit Freunden spielen
Das braucht man: Deine Fantasie

So funktioniert es:

1) Stelle dich gerade hin. Deine Beine können dabei leicht auseinanderstehen.

2) Lasse deine Arme langsam durch die Luft kreisen. Erst den rechten, dann den linken und dann beide gemeinsam. Vorwärts und rückwärts. Nimm dir Zeit und spüre, wie sich deine Arme dabei anfühlen.

3) Gehe langsam in die Hocke und versuche, ein paar Schritte zu gehen. Spüre, was das mit deinem Körper macht.

4) Setze dich auf den Boden und bewege deine Beine langsam wie eine Schere. Auf und zu. Spüre, was das mit deinem Körper macht.

5) Schließe beide Beine zusammen und winkle sie langsam an. Danach streckst du sie wieder aus. Spüre, was das mit deinem Körper macht.

6) Lege dich auf deinen Rücken und atme tief ein und aus. Lasse deine Augen dabei geschlossen. Konzentriere dich auf deine Atmung und fahre deinen Körper so weit herunter, dass du dich völlig entspannst.

3) Barfuß-Parkour

Wenn man sich auf seinen Körper konzentriert und auf diesen hört, wird man ihn besser wahrnehmen, was wiederum dabei hilft, seine eigenen Emotionen besser zu kontrollieren. Das Ziel dieser Übung ist, dass Ihr Kind genau dies lernt. Es wird merken, wie sich Muskeln entspannen können oder wie es sich anfühlt, wenn diese müde werden.

Dauer: 5-10 Minuten
Spieleranzahl: kann man allein oder mit Freunden spielen
Das braucht man: einige Klettergeräte (Stuhl, Bank, kleine Podeste, Balancierbretter oder auch die wunderbaren Pikler-Geräte

So funktioniert es:

1) Diese Übung machst du am besten ohne Schuhe. Baue dir einen kleinen Parkour auf. Du kannst dazu alle Geräte verwenden. Wichtig ist, dass du nur das nutzt, wo du dich auch darauf traust.

2) Wenn dein Parkour fertig ist, kannst du langsam darüber balancieren. Lass dir Zeit und fühle die Unterschiede der Geräte.

4) Superkraft

Wussten Sie, dass man sich glücklich fühlt, wenn man sich auf die eigenen Stärken konzentriert? Gleichzeitig fühlen wir uns auch mit Dingen verbunden, in denen wir gut sind. Mit dieser Übung lernt Ihr Kind, sich gut zu fühlen und dies auch auf seinen eigenen Körper zu übertragen. So wird es mutiger, neue Dinge auszuprobieren.

Dauer: 3-5 Minuten
Spieleranzahl: kann man allein oder mit Freunden spielen
Das braucht man: Fantasie

So funktioniert es:

1) Suche dir einen ruhigen und bequemen Platz.

2) Schließe deine Augen und stelle dir etwas vor, in dem du richtig gut bist. Jetzt hast du eine echte Superkraft.

3) Denke an deine Superkraft. Drücke die Brust raus und achte auf einen gerade Rücken. Deine Hände legst du auf deine Hüften.

4) Achte darauf, wie sich dein Körper fühlt. Dieses Gefühl kannst du nun den ganzen Tag mitnehmen. Es wird dich stärken.

5) Barfuß-Pfad

Wenn man sich auf seinen Körper konzentriert und auf diesen hört, wird man ihn besser wahrnehmen, was wiederum dabei hilft, seine eigenen Emotionen besser zu kontrollieren. Das Ziel dieser Übung ist, dass Ihr Kind genau dies lernt. Es wird merken, wie sich Muskeln entspannen können oder wie es sich anfühlt, wenn diese müde werden.

Dauer: 5-10 Minuten
Spieleranzahl: kann man allein oder mit Freunden spielen
Das braucht man: einen Barfußpfad (oft in Kurparks zu finden, man kann aber auch selbst einen bauen, wenn man genügend Platz hat)

So funktioniert es:

1) Diese Übung machst du am besten ohne Schuhe. Gehe langsam über die verschiedenen Wegabschnitte. Spüre die Unterschiede der verschiedenen Materialien.

2) Spüre, wie sich deine Füße nach dem Spaziergang anfühlen. Nimm dieses Gefühl mit in den Alltag und du wirst merken, dass du vieles schaffen kannst, auch wenn es manchmal schwerer erscheint.

6) Das starke Herz

Wenn man sich auf seinen Körper konzentriert und auf diesen hört, wird man ihn besser wahrnehmen, was wiederum dabei hilft, seine eigenen Emotionen besser zu kontrollieren. Das Ziel dieser Übung ist, dass Ihr Kind genau dies lernt. Es wird merken, wie sich Muskeln entspannen können oder wie es sich anfühlt, wenn diese müde werden.

Dauer: 5-10 Minuten
Spieleranzahl: kann man allein oder mit Freunden spielen
Das braucht man: Fantasie

So funktioniert es:

1) Suche dir einen Platz, wo du genug Fläche für Bewegung hast.

2) Beginne dich zu bewegen. Du kannst tanzen, springen, gehen, rennen, Arme schwingen, kriechen, ...

3) Bewege dich so lange, bis du dein Herz klopfen spürst.

4) Schließe deine Augen und lege deine Hand auf dein Herz. Spürst du, wie es klopft?

5) Bewege dich erneut, jedoch langsam.

6) Lege deine Hände wieder auf dein Herz, während du die Augen geschlossen hältst. Spürst du, wie stark es jetzt klopft?

7) Bienchen

Wenn man sich auf die eigene Atmung konzentriert, kann man so dafür sorgen, dass sich der Körper und der Geist entspannen. Mit dieser Übung lernt ihr Kind, sich auf die Atmung zu konzentrieren und seinen Körper neu zu spüren.

Dauer: 3-5 Minuten
Spieleranzahl: kann man allein oder mit Freunden spielen
Das braucht man: Fantasie

So funktioniert es:

1) Suche dir einen Platz, an dem du genügend Raum für Bewegung hast. Stell dir vor, du bist eine Arbeitsbiene.

2) Bewege deine Arme nach oben und nach unten, als wären sie deine Flügel.

3) Bewege sie langsam und werde immer schneller. Was kannst du in deinen Armen und dem Rest deines Körpers spüren? Wie schnell kannst du deine Arme bewegen?

4) Jetzt mache eine Pause und halte deine Arme still. Was kannst du jetzt spüren?

5) Atme tief durch die Nase ein und schau, wie sich dein Körper dabei bewegt. Jetzt atme langsam durch den Mund aus, brumme dabei wie eine Biene und schau, was mit deinem Körper geschieht. Was kannst du in deinem Gesicht spüren?

8) Streck dich und relax dich

Manchmal tragen wir viele Sorgen und Emotionen mit uns herum, die unseren Körper schlapp und müde machen. Das Ziel dieser Übung ist es, seinem Körper die nötige Entspannung zu schenken.

Dauer: 5 Minuten oder mehr
Spieleranzahl: kann man allein oder mit Freunden spielen
Das braucht man: Fantasie

So funktioniert es:

1) Suche dir einen ruhigen und bequemen Platz, wo du dich ausstrecken kannst.

2) Stell dir vor, du bist ein langes Gummiband. Welche Farbe möchtest du haben?

3) Strecke nun deine Hände ganz weit nach oben. Dabei kannst du auch auf Zehenspitzen stehen. Strecke dich so weit wie möglich, um deinen Körper gut zu spüren.

4) Nun versuche, deine Zehen zu berühren. Schaffst du das, ohne deine Knie zu beugen? Wie fühlt sich dein Körper dabei an?

5) Erinnere dich an deine Gedanken und Gefühle. Verabschiede dich von ihnen und genieße die Entspannung. Konzentriere dich weiterhin auf das Gefühl in deinem Körper.

9) Gedankenbrücke

Manchmal tragen wir viele Sorgen und Emotionen mit uns herum, die unseren Körper schlapp und müde machen. Das Ziel dieser Übung ist es, seinem Körper die nötige Entspannung zu schenken.

Dauer: 5 Minuten oder mehr
Spieleranzahl: kann man allein oder mit Freunden spielen
Das braucht man: Fantasie

So funktioniert es:

1) Suche dir einen ruhigen und bequemen Platz, wo du dich ausstrecken kannst.

2) Stell dir vor, du bist eine Brücke. Dazu musst du deinen Körper so beugen, dass du im Vierfüßler-Stand stehen kannst.

3) Strecke deinen Po und deinen Rücken weit nach oben. Lasse deine Gedanken los, sie können nun über die Brücke gehen.

4) Nun versuche dich wie ein Krebs hinzustellen. Dabei zeigt dein Bauch nach oben. Schaffst du es, deinen Körper so durchzudrücken, dass dein Arme und Unterschenkel gerade sind? Wie fühlt sich das an?

5) Erinnere dich an deine Gefühle. Verabschiede dich von ihnen und genieße die Entspannung. Sie können nun über die Brücke davon laufen. Konzentriere dich weiterhin auf das Gefühl in deinem Körper.

10) Schlangenspiel

Manchmal tragen wir viele Sorgen und Emotionen mit uns herum, die unseren Körper schlapp und müde machen. Das Ziel dieser Übung ist es, seinem Körper die nötige Entspannung zu schenken.

Dauer: 5 Minuten oder mehr
Spieleranzahl: kann man allein oder mit Freunden spielen
Das braucht man: Fantasie

So funktioniert es:

1) Suche dir einen ruhigen und bequemen Platz, wo du dich viel bewegen kannst.

2) Lege dich auf den Boden. Dabei sind deine Arme eng an den Körper gepresst.

3) Versuche, dich nun wie eine Schlange fortzubewegen. Lasse dabei alle Gedanken und Gefühle hinter dir.

4) Stelle dir vor, deine Beine sind der lange Schwanz. Versuche dich mit ihnen so weit wie möglich von deinen Gedanken und Gefühlen wegzuschieben.

5) Setze dich hin und erinnere dich daran, wie befreiend es war, sich einfach von den Gedanken und Gefühlen lösen zu können.

Gedächtnisübungen

1) Wortkette

Manchmal hilft es, wenn man sich die Dinge nacheinander einprägt. Daher ist diese Übung optimal, um zuvor erlerntes Wissen zu einem späteren Zeitpunkt wieder abzurufen und mit einem weiteren kleinen Punkt zu ergänzen. Für jüngere Kinder ist es empfehlenswert, einzelne Wörter zu verwenden. Ab ca. zehn Jahren können es bereits kleinere Sätze sein. Achten Sie hierbei auf den Entwicklungsstand Ihres Kindes.

Dauer: 5 Minuten oder mehr
Spieleranzahl: kann man allein oder mit Freunden spielen
Das braucht man: Gedächtnis

So funktioniert es:

1)Nennen Sie Ihrem Kind ein Wort, welches es sich merken muss.

2) Fragen Sie Ihr Kind nach drei Stunden, welches Wort es sich merken sollte.

3) Hat es sich dieses Wort merken können, fügen Sie nun ein zweites Begriff hinzu.

4) Dies können Sie bis zum Abend fortsetzen. Achten Sie jedoch auch darauf, dass das Kind den Spaß daran nicht verliert. Wenn Sie mehr als ein Kind haben, können Sie einen kleinen Wettbewerb damit veranstalten.

2) Zahlenkette

Manchmal hilft es, wenn man sich die Dinge nacheinander einprägt. Daher ist diese Übung optimal, um zuvor erlerntes Wissen zu einem späteren Zeitpunkt wieder abzurufen und mit einem weiteren kleinen Punkt zu ergänzen. Für jüngere Kinder ist es empfehlenswert, einstellige Zahlen zu verwenden. Je nach Entwicklungsstand können Sie dann über die zehn hinaus gehen.

Dauer: 5 Minuten oder mehr
Spieleranzahl: kann man allein oder mit Freunden spielen
Das braucht man: Gedächtnis

So funktioniert es:

1)Nennen Sie Ihrem Kind eine Zahl, welche es sich merken muss.

2) Fragen Sie Ihr Kind nach drei Stunden, welche Zahl es sich merken sollte.

3) Hat es sich diese Zahl merken können, fügen Sie nun eine weitere Ziffer hinzu.

4) Dies können Sie bis zum Abend fortsetzen. Achten Sie jedoch auch darauf, dass das Kind den Spaß daran nicht verliert. Wenn Sie mehr als ein Kind haben, können Sie einen kleinen Wettbewerb damit veranstalten.

3) Raumfahrertest

Kinder, die sich schnell ablenken lassen oder verträumt sind, können diese Übung wunderbar nutzen. Sie ist einfach und doch verlangt sie ihnen einiges ab. Daher ist es sehr ratsam, die gewählte Zeit so niedrig wie möglich anzusetzen.

Dauer: anfangs 3 Minuten
Spieleranzahl: kann man allein oder mit Freunden spielen
Das braucht man: Gedächtnis

So funktioniert es:

1) Wir machen heute mal einen kleinen Raumfahrertest. Dazu musst du dich drei Minuten lang einfach nur ganz still hinsetzen und darfst nicht reden. So wie ein Raumfahrer, wenn er hören möchte, was im Weltraum passiert.

→ erweitern Sie die Minutenzahl erst, wenn es Ihrem Kind gelingt, tatsächlich drei Minuten still durchzuhalten

4) Hör und Zählübung

Manchmal können Kinder nicht genau zuhören. Mit dieser Übung können Kinder dies spielerisch erlernen.

Dauer: anfangs 3 Minuten
Spieleranzahl: kann man allein oder mit Freunden spielen
Das braucht man: Gedächtnis

So funktioniert es:

1) Setze dich bequem hin und höre meiner Geschichte zu. Höre genau zu und zähle mit, wie oft ich den Namen „Peter“ sage.

→ steigern Sie nach gewisser Zeit, indem sich das Kind zwei Wörter merken muss

→ wählen Sie eine kurze Geschichte aus

5) Hör und Hebeübung

Manchmal können Kinder nicht genau zuhören. Mit dieser Übung können Kinder dies spielerisch erlernen.

Dauer: anfangs 3 Minuten
Spieleranzahl: kann man allein oder mit Freunden spielen
Das braucht man: Gedächtnis, Hörsinn und eine kleine Handpuppe/ Figur

So funktioniert es:

1) Setze dich bequem hin und höre meiner Geschichte zu. Höre genau zu und hebe deine Figur in die Höhe, wenn ich den Namen „Maria“ sage.

→ steigern Sie nach gewisser Zeit, indem sich das Kind zwei Wörter merken muss

→ wählen Sie eine kurze Geschichte aus

6) Rückwärts ABC

Das ABC können die meisten Kinder bereits problemlos aufsagen. Sie können das Alphabet aber auch rückwärts aufsagen lassen, das fördert die Konzentration.

Dauer: anfangs 3 Minuten
Spieleranzahl: kann man allein oder mit Freunden spielen
Das braucht man: Gedächtnis, Hörsinn

So funktioniert es:

1) Setze dich bequem hin. Jetzt darfst du das ABC aufsagen.

2) Na, das ging ja schnell. Super! Kannst du das bitte rückwärts wiederholen?

7) Nachmalen

Die meisten Kinder lieben das Malen. Mit dieser Nachmalübung können Sie ganz einfach die Konzentration Ihres Kindes fördern.

Dauer: anfangs 3 Minuten
Spieleranzahl: kann man allein oder mit Freunden spielen
Das braucht man: Papier und einen Stift

So funktioniert es:

1) Setz dich einfach bequem hin und suche dir einen Gegenstand im Raum. Schau ihn dir ganz genau an, bis ich stopp sage.

2) Male jetzt den Gegenstand, ohne ihn noch einmal anzusehen.

→ verkürze die Beobachtungszeit, wenn es deinem Kind gelingt, den Gegenstand gut zu malen

8) Ich packe meinen Koffer

Mit dieser Übung kann man wunderbar das Gedächtnis, aber auch die Konzentration steigern.

Dauer: 5-10 Minuten
Spieleranzahl: mindestens drei Kinder
Das braucht man: Hörsinn und Gedächtnis

So funktioniert es:

1) Wir spielen heute „Ich packe meinen Koffer", das geht so: Ich sage: „Ich packe meinen Koffer und lege eine Hose hinein." Den Satz musst du wiederholen. Dann kannst du auch etwas hineinlegen. Es kommt also immer eine neue Sache hinzu.

9) Ich packe meinen Schulranzen

Mit dieser Übung kann man wunderbar das Gedächtnis, aber auch die Konzentration steigern.

Dauer: 5-10 Minuten
Spieleranzahl: mindestens drei Kinder
Das braucht man: Hörsinn und Gedächtnis

So funktioniert es:

→ hier darf nur das eingepackt werden, was man in der Schule braucht, also kein Spielzeug!

1) Wir spielen heute „Ich packe meinen Schulranzen", das geht so: Ich sage: „Ich packe meinen Schulranzen und lege eine Hose hinein." Den Satz musst du wiederholen. Dann kannst du auch etwas hineinlegen. Es kommt also immer eine neue Sache hinzu.

10) Wolkenbilder

Mit dieser Übung kann man wunderbar das Gedächtnis, aber auch die Konzentration steigern.

Dauer: 5-10 Minuten
Spieleranzahl: mindestens drei Kinder
Das braucht man: schönes Wetter

So funktioniert es:

1) Lege dich auf den Rücken und sieh in die Wolken hinauf.

2) Such dir eine Wolke und betrachte diese Form für eine Minute lang.

3) Schließe jetzt für zehn Sekunden deine Augen und suche die Form anschließend wieder.

Yoga-Übungen für Kinder und deren Konzentration

1) Baumübung

Yoga für Kinder fördert die Konzentration und die Verbindung zwischen Körper und Geist.

Dauer: 5-10 Minuten
Spieleranzahl: kann man allein oder mit Freunden spielen
Das braucht man: eine Matte

So funktioniert es:

1) Stelle dich ganz gerade auf den Boden. Deine Füße können dabei leicht auseinandergehen, denn sie sind deine Wurzeln.

2) Stelle mit deinen Armen die Baumkrone da und bleibe ganz ruhig für ein paar Minuten so stehen.

3) Atme tief und ruhig. Hebe jetzt deinen linken Fuß und stütze ihn an deinem Knie ab. Halte dabei dein Gleichgewicht und atme ruhig weiter.

4) Jetzt hebst du den anderen Fuß und wiederholst diese Übung.

2) Knieblättler

Yoga für Kinder fördert die Konzentration und die Verbindung zwischen Körper und Geist. Diese Übung aktiviert die Verbindung beider Gehirnhälften, wodurch sich die Konzentration noch ein wenig mehr verbessern lässt.

Dauer: 5-10 Minuten
Spieleranzahl: kann man allein oder mit Freunden spielen
Das braucht man: eine Matte

So funktioniert es:

1) Stelle dich auf deine Matte. Richte deine Beine so aus, dass sie ungefähr hüftbreit auseinanderstehen.

2) Hebe dein rechtes Bein in die Höhe und klatschte mit der linken Hand darauf.

3) Wenn du wieder richtig stehst, wiederholst du das Ganze mit dem anderen Bein. Diese Übungen kannst du nun einige Male wiederholen.

3) Der Hund

Yoga für Kinder fördert die Konzentration und die Verbindung zwischen Körper und Geist.

Dauer: 5-10 Minuten
Spieleranzahl: kann man allein oder mit Freunden spielen
Das braucht man: eine Matte

So funktioniert es:

1) Knie dich auf den Boden und stelle deine Hände vor dir auf.

2) Hebe nun deinen Po so weit nach oben, wie es geht. Achte darauf, dass Beine und Arme durchgestreckt bleiben. Merkst du, wie sich dein Körper anfühlt?

4) Die Schlange

Yoga für Kinder fördert die Konzentration und die Verbindung zwischen Körper und Geist.

Dauer: 5-10 Minuten
Spieleranzahl: kann man allein oder mit Freunden spielen
Das braucht man: eine Matte

So funktioniert es:

1) Lege dich auf den Bauch und stelle deine Zehenspitzen auf.

2) Setze deine Handfläche neben deine Brust auf den Boden. Stemme nun deinen Brustkorb in die Höhe. Ganz langsam und nur so weit, wie du es schaffst.

5) Der Frosch

Yoga für Kinder fördert die Konzentration und die Verbindung zwischen Körper und Geist.

Dauer: 5-10 Minuten
Spieleranzahl: kann man allein oder mit Freunden spielen
Das braucht man: eine Matte

So funktioniert es:

1) Stelle dich gerade auf die Matte. Beuge dich langsam nach unten, sodass deine Hände den Boden berühren können.

2) Springe mit den Füßen nach hinten, so wie es ein Frosch macht. Lasse dabei deine Hände stehen. Kannst du spüren, wie sich die Kraft deines Körpers nun verändert?

3) Springe wieder nach vorne, sodass deine Füße wieder in der Nähe deiner Hände sind.

4) Hebe deinen Oberkörper wieder in die Höhe. Wenn du möchtest, kannst du die Übung noch einmal von vorne machen.

6) Wir begrüßen Sonne und Erde

Yoga für Kinder fördert die Konzentration und die Verbindung zwischen Körper und Geist.

Dauer: 5-10 Minuten
Spieleranzahl: kann man allein oder mit Freunden spielen
Das braucht man: eine Matte

So funktioniert es:

1) Stelle dich gerade auf die Matte. Deine Handflächen schließt du vor deiner Brust zusammen.

2) Strecke deine Arme zu beiden Seiten aus und führe die Handflächen über deinem Kopf zusammen. So begrüßen wir die Sonne. Kannst du spüren, wie sich dein Körper anfühlt?

3) Wir wollen auch die Erde begrüßen. Beuge deinen Oberkörper dafür nach unten und setze deine Handflächen auf den Boden ab. Bleibe ein paar Sekunden so stehen und fühle die Energie, welche durch deine Handflächen in deinen Körper strömt.

4) Hebe und senke deinen Kopf langsam. Dabei kannst du deinen Körper gut spüren.

5) Begib dich nun in deine Ausgangsposition zurück und lasse die Energie noch ein wenig auf dich wirken.

7) Katzenbuckel

Yoga für Kinder fördert die Konzentration und die Verbindung zwischen Körper und Geist.

Dauer: 5-10 Minuten
Spieleranzahl: kann man allein oder mit Freunden spielen
Das braucht man: eine Matte

So funktioniert es:

1) Stell dir vor, du bist eine Katze. Knie dich auf deine Matte und stelle die Hände vor dir auf.

2) Stelle dich nun auf deine Füße, dabei bleiben die Hände auf dem Boden.

3) Mache jetzt einen Katzenbuckel so hoch wie es geht.

4) Stelle di nun wieder ganz normal wie eine Katze hin. Wenn du möchtest, kannst du die Übung noch einmal wiederholen.

8) Superheld

Yoga für Kinder fördert die Konzentration und die Verbindung zwischen Körper und Geist.

Dauer: 5-10 Minuten
Spieleranzahl: kann man allein oder mit Freunden spielen
Das braucht man: eine Matte

So funktioniert es:

1) Lege dich flach auf deine Matte.

2) Strecke deine Arme nach vorne und balle deine Hände zu Fäusten.

3) Hebe deinen Oberkörper langsam nach oben und lasse dabei die Arme ausgestreckt. Halte den Kopf unten.

4) Versuche jetzt, deine Beine und den Oberkörper zusammen nach oben zu heben. Wenn du es nicht schaffst, ist es nicht schlimm.

9) Krieger

Yoga für Kinder fördert die Konzentration und die Verbindung zwischen Körper und Geist.

Dauer: 5-10 Minuten
Spieleranzahl: kann man allein oder mit Freunden spielen
Das braucht man: eine Matte

So funktioniert es:

1) Stelle dich aufrecht hin. Lasse deine Arme am Körper.

2) Mache einen Ausfallschritt nach vorne.

3) Drehe den Fuß deines hinteren Beins im 45°-Winkel nach außen. Stelle diesen in eine Linie mit dem vorderen Fuß.

4) Drehe deinen Oberkörper in die Richtung, in welche der hintere Fuß zeigt. Deine Arme sind dabei ausgestreckt. Dein Blick hältst du nach vorn gerichtet.

10) Raupe

Yoga für Kinder fördert die Konzentration und die Verbindung zwischen Körper und Geist.

Dauer: 5-10 Minuten
Spieleranzahl: kann man allein oder mit Freunden spielen
Das braucht man: eine Matte

So funktioniert es:

1) Lege dich flach auf die Matte.

2) Stelle deine Füße auf die Zehenspitzen und lege deine Hände neben deine Schultern.

3) Lasse dein Kinn und deine Brust auf der Matte.

4) Hebe nun dein Becken in die Höhe.

Impressum

1. Auflage

Emilia Lehmann wird vertreten durch:
Ali Sayad
Horner Weg 39
20535 Hamburg
E-Mail: ali.sayad@hotmail.de

Covergestaltung und Satz: Wolkenart -
Marie-Katharina Becker, www.wolkenart.com

ISBN:
Imprint: Independently published

Printed in France by Amazon
Brétigny-sur-Orge, FR

20416685R00048